VENTE

HOTEL DROUOT, SALLE N° 11

Les Lundi 20 et Mardi 21 Février 1905

A 2 HEURES

BEAUX MEUBLES

DE

Style XVIIIème siècle

de Jansen, Braquenié, Gouverneur, Léger

MEUBLES ANCIENS

OBJETS D'ART, TABLEAUX

Argenterie — Bijoux

Me **LAIR DUBREUIL**, Commissaire-Priseur

6, rue de Hanovre, 6

M. **Arthur BLOCHE**, Expert près la Cour d'Appel

51, rue Saint-Georges, 51

IMPRIMERIE C. CHAUFOUR

8-10 RUE MILTON, 8-10

PARIS

CATALOGUE

DE

BEAUX MEUBLES

de Style XVIIIe siècle

en partie exécutés par

Braquenié, Gouverneur, Jansen et Léger

BUREAU RÉGENCE ET BAHUT LOUIS XVI REPRODUCTION DE CEUX DE L'ÉLYSÉE

Piano d'**Erard** et de **Pleyel**, Coffre-fort de **Fichet**
Salons, Chambre à coucher Louis XVI
Salle à manger gothique, écrans en bois de fer et bois doré
Sièges variés

MEUBLES ANCIENS

Armoires Louis XIV et Ier Empire, Régulateur Louis XV, Commodes
Tables

OBJETS D'ART

Jolie pendule en marbre blanc d'après Pigalle

BRONZES, SCULPTURES, LIVRES

Porcelaines — Faïences — Objets de Vitrine

TABLEAUX

Dessins, Aquarelles, Gravures

ARGENTERIE — BIJOUX — ÉVENTAILS

Linge, Dentelles, Tapisseries, Tentures

dont la vente aura lieu

HOTEL DROUOT — SALLE N° 11

Les Lundi 20 et Mardi 21 Février 1905, à 2 heures

Me F. LAIR-DUBREUIL	**M. Arthur BLOCHE**
COMMISSAIRE-PRISEUR	EXPERT PRÈS LA COUR D'APPEL
6 Rue de Hanovre, 6	*51, Rue Saint-Georges, 51*

Chez lesquels se trouve le Catalogue

EXPOSITION PUBLIQUE

Le Dimanche 19 Février 1905, de 2 heures à 5 heures 1/2

CONDITIONS DE LA VENTE

La vente sera faite au comptant.

Les acquéreurs paieront *dix pour cent* en sus des prix d'adjudication.

Aucune réclamation ne sera admise une fois l'adjudication prononcée.

Paris — Imp. C. CHAUFOUR, 8-10, rue Milton

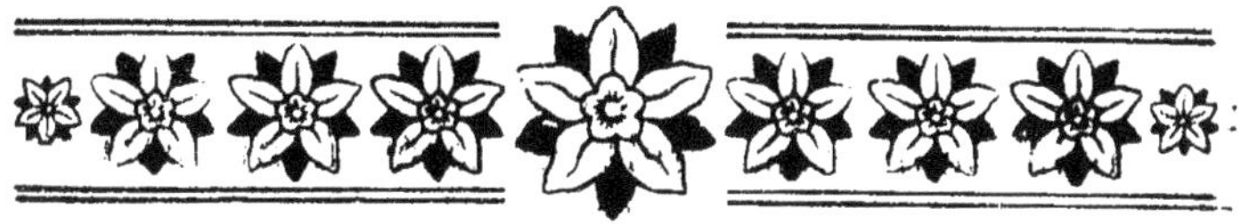

DESIGNATION

MEUBLES

1 — Très beau bahut à hauteur d'appui en marqueterie de bois ouvrant à une porte centrale en ressaut, dessin à vase de fleurs, cotés à rosaces et quadrillés, richement garni de bronzes finement ciselés et dorés au mercure, dessin à chutes et thyrses de fleurs et feuillages, bandeaux à un tiroir orné de rinceaux feuillagés, dessus en marbre vert de mer. Travail de style Louis XVI, reproduction du meuble de Gouthières exécuté par GOUVERNEUR.

2 — Grand et beau bureau plat, de style Régence en bois de rose et de violette richement

orné de bronzes ciselés et dorés, à mascarons, encadrements et feuillages, écoinçons à cariatides de guerriers, reproduction du bureau de l'Elysée, exécutée par Gouverneur.

3 — Régulateur Louis XV en bois de rose et marqueterie de bois à fleurs, richement orné de bronzes : rocailles, volutes feuillagées et fleuries, le haut à mascarons enguirlandés. Cadran signé *Gudin, à Paris*. Ce meuble porte l'étampille *P. Bernard*, ébéniste.

4 — Bureau en acajou satiné garni de bronzes style Louis XV. Travail délicat de la maison Léger.

5 — Quatre beaux fauteuils en noyer sculpté couverts en fine tapisserie à coupes de fleurs et de fruits, travail de la maison Braquenié.

6 — Table rectangulaire en bois sculpté et doré à bandeaux ajourés ornés de médaillons en biscuit. Style Louis XVI.

7 — Ecran en bois sculpté et doré avec feuille en soierie crème brodée à fleurs. Style Louis XVI.

8 — Deux gaines en marbre formées chacune par quatre colonnettes carrées.

9 — Armoire en bois sculpté d'époque Régence panneaux très finement sculptés, ornée de ferrures en acier.

10 — Grand et bel écran en bois de fer sculpté avec panneaux en soie brodée à fleurs et oiseaux.

11 — Secrétaire de style Louis XVI en acajou poli, dessus en marbre blanc.

12 — Commode en acajou ornée de bronzes dorés dessus en marbre. Style Louis XVI.

13 — Table à jeu en marqueterie hollandaise.

14 — Petite commode en bois de rose et marqueterie de bois ornée de bronzes ouvrant à deux tiroirs dessus en marbre. Style Louis XV.

15 — Commode Louis XVI en merisier sculpté, dessus en marbre blanc.

16 — Armoire en acajou ornée de bronzes ouvrant à deux portes avec glaces biseautées. Epoque Ier Empire.

17 — Commode en acajou ornée de bronzes, montants à cariatides de femmes sur gaînes, ouvrant à deux vantaux et garnie de tiroirs à l'intérieur, dessus de marbre. Epoque Ier Empire.

18 — Buffet à deux corps en bois sculpté Louis XIV.

19 — Buffet en acajou ouvrant à deux portes, dessus en marbre.

20 — Meuble de salon en bois doré de style Louis XVI garni en soie brochée fond crème composé de : un canapé et quatre bergères.

21 — Table ronde en bois doré, dessus de marbre. Style Louis XVI.

22 — Piano demi-queue en palissandre d'Erard.

23 — Piano à queue en bois noir d'Erard.

24 — Glace médaillon biseautée, cadre en bois sculpté et doré.

25 — Siège X en acajou sculpté.

26 — Glace avec cadre en bois sculpté et doré de style Louis XVI.

27 — Canapé-borne de forme circulaire, recouvert en velours de soie épinglé vert.

28 — Petit chevalet garni en peluche.

29 — Tabouret oriental incrusté de nacre.

30 — Deux pieds supports en bois noir de style chinois.

31 — Petit cabinet en laque de Chine.

32 — Deux supports d'applique en bois noir incrustés d'ivoire.

33 — Deux escabeaux, dossiers en bois sculpté.

34 — Douze chaises en noyer sculpté, dossiers à armoiries, sièges garnis en cuir.

35 — Six chaises de salle à manger en noyer sculpté, garnies en cuir à figures de lions héraldiques.

36-37 — Deux petits meubles Louis XV ouvrant à deux portes en bois de luxe.

38 — Commode Louis XV en bois de luxe ornée de bronzes, dessus en marbre.

39 — Trois colonnes en marbre.

40 — Belle chambre à coucher de style Louis XVI en acajou ciré, ornée de bronzes ciselés et dorés, entourage à godrons, guirlandes de lauriers et perlés, composée d'un lit de milieu (avec sa literie), d'une armoire à glace s'ouvrant à trois portes et de deux tables de nuit, de JANSEN.

41 — Commode de l'époque Louis XVI s'ouvrant à deux tiroirs, le milieu légèrement en ressaut, offrant en marqueterie un trophée d'instruments de musique et sur les côtés des branches de fleurs, chutes, poignées et entrées de serrures en bronze doré, dessus en marbre rouge veiné,

42 — Piano droit en bois noir de la Maison PLEYEL.

43 — Petite table rognon à étagères, de style Louis XVI en acajou orné de bronzes, de JANSEN.

44 — Petit coffre-fort de FICHET.

45 — Meuble de salon, en satin chaudron capitonné, entourage en peluche de même couleur, composé d'un canapé, deux fauteuils et deux chaises, d'une causeuse, et d'un pouff formé de deux coussins superposés, de JANSEN.

46 — Deux fauteuils recouverts de moquette à dessin oriental, de JANSEN.

47 — Salle à manger, de style gothique en noyer sculpté, composé d'un buffet étagère, le haut à clochetons, s'ouvrant dans le bas à deux portes ornées de rosaces et ogives, d'un dressoir, une table à trois rallonges, et de huit chaises, avec coussins de drap bleu, de la maison JANSEN.

48 — Pannetière ancienne, en noyer sculpté, ornée de ferrures découpées.

49 — Pétrin ancien en noyer sculpté.

50 — Table à volets en acajou.

51 — Tabouret de piano en bois noir, recouvert de panne chaudron.

52 — Petit bureau bonheur du jour, de style Louis XV en marqueterie de bois orné de moulures et filets de cuivre, offrant dans le milieu une étagère à fond de glace et deux petits tiroirs de chaque côté, de la maison JANSEN.

53 — Vitrine de style Lsuis XVI en acajou orné de bronzes ciselés et dorés, fronton à rubans guirlandes et carquois, avec étagère dans le bas.

54 — Petite bibliothèque en marqueterie de bois à fleurs et rinceaux, avec moulures de cuivre.

55 — Bergère à oreilles, de style Louis XV, en bois laqué recouvert de damas de soie jaune dessin blanc à fleurs, de chez JANSEN.

56 — Petit guéridon rond de style Louis XVI, en bois sculpté et laqué blanc entourage à perles, rosaces et guirlandes de fleurs dessus en marbre blanc.

57 — Quatre pouffs en moquette.

58 — Glace de style Louis XIV en bois sculpté et doré, le fronton à bouquet de fleurs, au milieu de guirlandes et rinceaux feuillagés, de chez Jansen.

59 — Ameublement de cabinet de toilette recouvert de natte et d'ornements en bambou, dans le goût chinois, composé d'une grande armoire. d'une toilette dessus en marbre blanc à étagère, d'une glace, et d'une fausse cheminée, de Jansen.

60 — Chaise avec dossier en bambou et recouverte de moquette, de Jansen.

61 — Chaise longue recouverte de satin bleu brodé à guirlandes de fleurs, entourage en peluche rouge.

62 — Commode-toilette en palissandre.

63 — Grande armoire à robes en bois blanc.

64 — Petit paravent à trois feuilles en bois laqué blanc.

65 — Coffre formant banquette en chêne sculpté accotoirs, à têtes de lions.

66 — Deux chaises flamandes en noyer sculpté à dossiers ajourés, de JANSEN.

67 à 75 — Meubles courants et de cuisine, débarras.

OBJETS D'ART

76 — Jolie pendule en marbre blanc représentant un amour assis et écrivant, près de lui une colombe et un carquois, signée PIGALLE. Socle en bronze ciselé et doré à rinceaux feuillagés, travail de style Louis XVI de la maison DENIÈRE.

77 — Paire de beaux candélabres en bronze finement ciselé et doré forme vases sur trépieds d'où s'échappent des rinceaux feuillagés et fleuris à dix lumières, socles en marbre et bronze. Style Louis XVI

78 — Belle garniture en bronze cloisonné de Chine composée d'un brûle-parfums et de deux vases.

79 — Deux statuettes d'amours en biscuit : Garde à vous ! d'après FALCONNET.

80 — Jolie statuette en marbre : l'Enfant au nid, d'après PIGALLE

81 — Pendule en bronze ciselé et doré à rocailles feuillagées de style Louis XV.

82 — Deux chenets en bronze doré et patine foncée, enfants couchés sur des coussins.

83 — Deux bouteilles en porcelaine de Chine décor de chimères sur fond bleu fouetté.

84 — Groupe en terre cuite : Le Retour des Champs, signé Carrier Belleuse.

85 — Cartel de style Louis XV en bronze, avec cariatides.

86 — Beau vase en porcelaine de Saxe : Fleurs sur treillages ajourés.

87 — Grande potiche couvercle à fermoir en porcelaine de Chine.

88 — Buste en terre cuite : La princesse de Lamballe, style XVIIIe siècle.

89 — Pendule en marbre blanc et bronze doré; entablement supportant un cartel indiquant les heures, les jours, les mois, les quantièmes et les phases de la lune. Epoque Louis XVI.

90 — Pendule en bronze doré surmontée d'une figure de jeune femme jouant de la harpe. Epoque Ier Empire.

91 — Vase sur piédouche à couvercle avec soucoupe en cuivre gravé indien.

92 — Statuette de jeune fille en bronze, de Bouché fils.

93 — Coupe en bronze ciselé, style Renaissance.

94 — Encrier en bronze sur socle en marbre rouge.

95 — Flambeau à quatre branches en bronze.

96 — Bac à couvercle en cuivre rouge repoussé.

97 — Deux lampes colonnes en bronze.

98 — Coupe de surtout en porcelaine de Saxe, décor bleu sur blanc.

99 — Coupe jardinière en faience italienne, supportée par une sirène.

100 — Jardinière ronde en faience décorée, Lachenal.

101 — Coffret en porcelaine de Capo di Monte.

102 — Eléphant en terre noire rehaussé de couleurs.

103 — Paire de lampes en porcelaine de Chine montées en bronze.

104 — Paire de vases en faience japonaise, décor de personnages en relief.

105 — Paire de grands vases en faience émaillée, décor de fleurs et d'insectes sur fond jaune.

106 — Vase en faience rose décor à fleurs.

107 — Coupe à couvercle en faience, décorée d'inscriptions orientales.

108 — Bol en porcelaine blanche à décor d'oiseaux, socle en bronze.

109 — Magot en porcelaine de Chine.

110 — Petit groupe en pierre de lard.

111 — Paire de petites pantoufles en faience.

112 — Trois soucoupes en porcelaine décorée.

113 — Chaise à porteurs en faience.

114 — Deux petits vases antiques.

115 — Boite forme tonnelet en porcelaine de Chine et œuf en émail chinois.

116 — Deux petits cornets en Satzuma.

117 — Neuf très petites tasses en porcelaine, décorées d'armoiries.

118 — Paire de flambeaux à trois lumières en porcelaine.

119 — Paire de vases en porcelaine fond blanc à décor d'oiseaux et fleurs.

120 — Paire de grands cornets en terre laquée fond rouge, décor à fleurs et personnages japonais.

121 — Groupe en pierre sculpté la Vierge et l'enfant. XVe siècle.

122 — Statuette de nymphe debout, en marbre.

123 — Belle cruche en porcelaine de Berlin.

124 — Statuette en bronze : Vénus à la coquille, de Falguière.

125 — Statuette en bronze : la Danseuse, de Madrassi.

126 — Statuette en bronze : L'Etoile, de Pollet.

127 — Petit buste en marbre : Mme Dubarry.

128 — Fontaine en ancienne faïence de Rouen.

129 — Deux vases en porcelaine de Chine fond vert.

130 — Deux plats en porcelaine de Chine.

131 — Compotier, tasses et soucoupes de Chine.

132 — Mortier gothique en marbre.

133-134 — Cinq pièces en terre cuite de Tanagra.

135 — Grande coupe vieux Chine, décor en bleu à rehauts d'or, socle en bronze doré.

136 — Deux écuelles orientales en bronze.

137 — Pendule forme vase, anses à têtes de cygnes en bronze ciselé et doré. Epoque du 1er Empire.

138 — Deux petits flambeaux en bronze ciselé et doré formés par des figurines d'amours posées sur des colonnettes. Style 1er Empire.

139 — Christ en ivoire sur croix de palissandre.

140 — Lampe colonne en bronze doré avec tablette en onyx.

141 — Deux colonnes en onyx, avec bases et chapiteaux en bronze doré.

142 — Statuette en bronze : Suzanne, de A. Carrier.

143 — Statuette en biscuit : Le Retour de la moisson, signé Lecormey.

144 — Cache-pot en faïence, dessin aux chardons.

145 — Paire de petits flambeaux en bronze, parties dorées, formés par des figurines d'amours, socles en onyx.

146 — Grand vase en porcelaine du Japon.

147-149 — Suite de vingt-neuf assiettes en porcelaine et faïence de Rouen, Strasbourg, Chine, Japon et Allemagne.

150 — Galerie de foyer en bronze : petits lions, style Ier Empire.

151 — Six plats en faïence de Strasbourg, Delft et Rouen.

152 — Lustre en bronze ciselé et doré à vingt lumières, modèle à rinceaux feuillagés.

153 — Deux appliques de même travail à cinq lumières.

154 — Devant de feu en bronze doré, dessin à guirlandes.

155 — Pelle et pincettes en bronze doré.

156 — Deux chenets en bronze doré, cassolettes enguirlandées.

157 — Deux brûle-parfums en Satsuma, couvercles surmontés de chimères.

158 — Deux petites lampes de piano en bronze à patine noire, forme cassolettes sur trépieds en bronze doré.

159 — Deux statuettes en porcelaine blanche de Bohème : le petit Chasseur et la Marchande de poissons.

160 — Trois potiches avec couvercle en porcelaine de Chine de la famille verte.

161 — Deux potiches avec couvercles surmontés de personnages en ancienne faïence de Delft, dessin bleu sur blanc.

162 — Corbeille en porcelaine de Saxe.

163 — Deux petites potiches en Satzuma.

164 — Quatre petites statuettes en porcelaine d'Allemagne.

165 — Deux bonbonnières en porcelaine d'Allemagne.

166 — Jardinière en porcelaine fond bleu à fleurs montée en bronze.

167 — Deux potiches avec couvercles en porcelaine blanche de Berlin, décor en relief.

168 — Deux potiches avec couvercles en porcelaine du Japon, dessin bleu sur blanc à vol d'hirondelles.

169 — Lampe ancienne en cuivre et deux bougeoirs.

170 — Samovar en cuivre jaune, panse à godrons.

171 — Vase forme balustre en ancienne faïence de Nevers, décor bleu sur blanc.

172 — Quatre jardinières en faïence décorée.

173 — Neuf vases et pichets en faïence décorée.

174 — Deux pichets en étain.

175 — Bassinoire en cuivre.

176 — Trois jardinières en cuivre jaune, forme seau à anses.

177 — Lampe d'autel en cuivre jaune.

178 — Cafetière en cuivre jaune.

179 — Jardinière ronde en cuivre, décor à godrons.

180 — Porte-cartes formé par une chimère en bois sculpté, tenant un plateau en cuivre.

181 — Garniture de cheminée en bronze nikelé de style Louis XIII, composée d'une pendule, de deux flambeaux et de deux candélabres à quatres lumières.

182 — Devant de feu en fer forgé de style Renaissance.

183 — Suspension de salle à manger en bronze nikelé de style Renaissance à une lampe et dix bougies.

184 — Boîte à thé russe, décor genre Vernis Martin.

185 — Quatre cadres à photographies.

186 — Lampe en bronze argenté.

187 — Deux vases en bronze du Japon décorés d'insectes sur un fond de vannerie.

188 — Lampe d'autel en cuivre jaune.

189 — Deux lampes formées par des vases en Satzuma, montures en bronze doré.

190 — Deux bougeoirs forme chimères en bronze doré.

191 — Devant de feu en cuivre doré, dragons sur balustrades.

192 — Deux bras à gaz de même travail.

193 — Porte-pelle et pincettes en bronze doré.

BIJOUX, ARGENTERIE

OBJETS DE VITRINE

194 — Sautoir en or avec agrafes en brillants et rubis.

195 — Miniature ovale : portrait de jeune femme, cheveux poudrés. École anglaise.

196 — Miniature : portrait de femme en corsage décolleté. Signé : Dun.

197 — Petite montre plate de forme octogonale en argent gravé à scènes du Nouveau Testament. XVIIe siècle.

198 — Sucrier plaqué argent.

199 — Huilier plaqué argent.

200 — Encrier en argent ancien ciselé.

201 — Lampe de mosquée en argent doré.

202 — Bague en or avec brillants et rubis d'Orient.

203 — Bague en or avec entourage brillants et perles.

204 — Bague ornée d'un brillant solitaire entouré de petits brillants et de rubis.

205 — Bague marquise en or et platine ornée de brillants et d'un rubis reconstitué.

206 — Bague croisée rubis et brillants.

207 — Bague marquise ornée de petits brillants et d'émeraudes.

208 — Pendentif forme broche, brillants ornés d'une perle.

209 — Bague marquise ornée de six brillants et d'une perle.

210 — Bague en or avec entourage de dix gros brillants et une émeraude.

211 — Bague croisée perle et brillant.

212 — Sautoir en or.

213 — Bague en or avec opale entre deux brillants.

214 — Bague en or, émeraude entourée de brillants.

215 — Bague ornée d'un brillant solitaire.

216 — Bague marquise avec perles et brillants.

217 — Broche forme papillon ornée de rubis avec encadrement en brillants.

218 — Chaîne sautoir gourmette en or.

219 — Chapelet en or avec boules en lapis.

220 — Bracelet gourmette en or orné de motifs en diamants.

221 — Bague marquise en or enrichie d'un saphir et de brillants.

222 — Bague marquise en or ornée de brillants et de rubis d'Orient.

223 — Bague jumelle enrichie d'un brillant et d'une perle fine.

224 — Bague marquise en or, enrichie d'un brillant, de roses et d'émeraudes fines.

225 — Paire de boutons d'oreilles ornés de deux perles fines et de deux brillants.

226 — Collier composé de quatre-vingt-huit perles fines, fermoir enrichi de rubis et de diamants.

227 — Eventail, monture en écaille blonde, feuille en dentelle point à l'aiguille.

228-229 — Deux cafetières en argent.

230-231 — Cinq éventails en tulle et dentelle.

232 — Eventail en plume d'autruche noire, monture écaille.

233 — Deux œufs de Pâques, bonbonnière et plateau, orné de peinture genre vernis Martin travail Russe.

234 — Suite d'objets de vitrines, boîtes, volatiles, chiens, arrosoirs, statuettes, etc.

235 — Collection de petites turquoises.

236 — Porte huilier, moutardier et deux salières, en métal argenté gravé et ajouré, intérieur en verre bleu (de la maison Christofle).

237 — Cafetière et sucrier en métal argenté (de chez Christofle).

238 — Deux plats ronds et un plat long en métal argenté, bordure à filets (de chez Christofle).

239 — Saucière et légumier en métal argenté de chez Christofle.

240 — Coupe ronde en cristal monture argentée façon bambou, de chez Christofle.

241 — Quatre dessous de carafes en métal argenté de chez Christofle.

242 — Deux aiguières et un flacon à liqueur monture argent ciselé à rocailles.

243 — Tasse russe à déguster en argent,intérieur vermeil.

244 — Deux petits cendriers en argent.

245 — Petit pot à crème russe en argent, décor vannerie.

246 — Deux verres à thé russes en argent.

247 — Six petits verres à liqueur en argent.

248 — Lot de boutons et coulants en argent russe décor niellé.

249 — Pont et petit moulin en argent.

250 — Ecrin renfermant un coquetier, salière et deux cuillers en argent, intérieur vermeil.

251 — Médaille en argent à l'effigie de l'Empereur et de l'Impératrice de Russie, frappée à la Monnaie lors de leur passage.

252 — Ecrin renfermant six manches à côtelettes en argent ciselé.

253 — Ecrin renfermant un service à glace et des ciseaux en argent, partie vermeil.

254 — Porte cure-dents en métal argenté.

255 — Cafetière pot à crème et moulin à poivre en métal argenté.

256 — Réchaud en métal argenté, de chez Christofle.

257 — Plateau en métal argenté, décor guilloché, de chez Christofle.

258 — Cloche à fromage et plateau en métal argenté, de chez Christofle.

259 — Saladier en verre et service à salade en métal argenté. de Christofle.

260 — Pot à lait et deux casseroles à punch en métal argenté, de Christofle.

261 — Six porte couteaux, passe thé, couteau à fromage, cuillers à citronnade, pince à as-

perges et pince à sucre en métal argenté de Christofle.

262 — Six couteaux à fruits, douze fourchettes à huîtres en métal argenté, de Christofle.

263 — Ramasse-miettes en métal argenté de chez Christofle.

264 — Surtout de table formé de petits porte-bouquets en cristal de Baccarat, monture en métal argenté.

OBJETS DIVERS

265 — Garniture de toilette en ébène avec chiffre AB. en argent composée d'un miroir chevalet, deux boîtes à poudre, une glace à main, une boîte à épingles, sept brosses, huit accessoires et cinq peignes en écaille.

266 — Deux glaces à main.

267 — Garniture de toilette en porcelaine blanche décorée de nœuds de rubans et chiffre AB en rehauts d'or, composée de deux cuvettes et pot à eau, un broc, un seau et six flacons.

268 — Service de table en faïence blanche avec chiffre AB.

269 — Service de table en verrerie.

270 — Service à thé et à café en porcelaine, décor à côtes tournantes, bordure à rehauts d'or.

271 — Jardinière en marbre blanc.

272 — Buste en plâtre de Madame Dubarry.

273 — Grande bouteille en verre peint à décor d'iris.

274 — Livre de piété allemand, reliure en cuir.

275 — Boîte à jeu décorée

TABLEAUX. DESSINS

AQUARELLES

276 — ATALAYA. Paysage.

277 — BEAUDOIN (Genre de). Scène galante.

278 — DE BEAUMONT. La part du capitaine.

279 — BOGALOUBOFF. Paysages et marines, suite de sept petits dessins à la plume, dont six dans un même cadre.

280 — BOUCHER (Ecole de). Idylle champêtre. Pastel.

280 *bis* — BREUGHEL. Scènes.

281 — CORTÈS (A.). Paysage.

282 — DUVIEUX. Le campement.

283 — FRÈRE (Th.). Le Puits.

284 — GERVEX. Paysage.

285 — LARGILLIÈRE (Ecole de). Portrait d'homme.

286 — LE POITTEVIN. La Forge.

287 — MIND. Bouquet de reines-marguerites dans un pichet de grès.

288 — MONET (CLAUDE). Le Goûter de bébé. Signé C. M. et daté 08.

289 — VERBOECKOVEN (EUG.). Moutons au pâturage.

290 — WATTEAU (ANTOINE). Conversation galante. Le revers du panneau de ce petit tableau porte une inscription de l'écriture de Watteau, sous forme de lettre à son encadreur. A figuré sous le n° 79 à l'Exposition de l'Art Français au XVIIIe siècle. Bruxelles 1904.

291 — ECOLE ANGLAISE. Portrait de Lady X...

292 — ECOLE ALLEMANDE DU XVe SIÈCLE. Portrait de seigneur avec collerette tuyautée. Bonne petite peinture ronde avec inscriptions.

293 — ECOLE FRANÇAISE. Portrait d'un gentilhomme.

294 — ECOLE XVIIe SIÈCLE. Portrait de dame représentée en Diane. Peinture sur cuivre.

295 — ECOLE FLAMANDE XVe SIECLE. Piéta.

296 — ECOLE ITALIENNE. Le Christ.

297 — ECOLE MODERNE. Nymphe et Amour.

298 — ECOLE MODERNE. Cardinaux. Deux aquarelles se faisant pendants.

299 — ECOLE MODERNE. Le Chemin du village.

300 — Gravure ancienne en couleur : Napoléon le Grand, d'après LOUIS DAVID.

301 — Gravure ancienne en couleur : La Générosité de Scipion, d'après ANGELICA KAUFFMANN.

302 — L'Insomnie amoureuse. Mars et Vénus, deux gravures à la sanguine.

LIVRES

303 — Manuscrit ancien orné de dix enluminures.

304 — Manuscrit ancien orné de nombreuses enluminures et de lettres dorées.

305 — Dictionnaire Trousset illustré : Six volumes.

306 — Six volumes de Raunet, histoire du costume.

307 — Huit volumes. Œuvres de Racine, Molière, Marivaux et Dumas.

308 — Collection d'environ soixante volumes. Œuvres d'Alexandre Dumas.

309 — Onze volumes reliés ayant trait à l'art et au costume.

310 — Collection d'albums de vues photographiques et de photographies.

TAPISSERIES -- TENTURES

TAPIS

311 — Deux tapisseries d'Aubusson à paysages, formant portières.

312 — Portière en ancienne tapisserie, dite verdure.

313-314 — Deux tapis de soie.

315 — Grand tapis de Smyrne, décor en bleu, rouge et vert.

316 — Tapis moquette recouvrant plusieurs pièces.

317 — Lot de soieries brodées de Chine.

318 — Grand tapis à dessin oriental.

319 — Grand tapis de Kashmir, fond rouge à arabesques et ornements.

320 — Dos de piano en soierie à rayures brodées à fleurs.

321 — Quatre descentes de lit en fourrure et moquette.

322 — Ciel de lit, deux grands rideaux et un dessus de cheminée en étoffe crème brochée et brodée à paniers et guirlandes de fleurs (de chez Jansen).

322 — Six rideaux en tulle brodé.

324 — Garniture de toilette en dentelle.

325 — Tapis de table, deux grands rideaux et un dessus de cheminée en drap bleu, avec applications de drap rouge (de chez Jansen).

326 — Dessus de lit en satin rose capitonné.

327 – Deux grands rideaux en soie crême brodée à bouquets de fleurs.

LINGE

328 — Six draps et douze taies d'oreillers ornés d'entre-deux d'ancienne dentelle Louis XIII.

329 — Six draps et douze taies d'oreillers brodées ornées d'entre-deux de dentelle Colbert.

330 — Deux chemisettes et deux tabliers russes ornés de broderie.

331 — Six essuie-mains russes en toile brodée.

332 — Lot de dessus de toilettes et chemins de table ornés de dentelles et broderies.

333 — Echarpe de dentelle et volant en tulle brodé à guirlande de fleurs.

334 — Quinze dessous de flacon en dentelle de Bruxelles.

335 — Dix tabliers de femme de chambre à bavettes et ornés de broderies.

336 — Objets omis.

www.ingramcontent.com/pod-product-compliance
Ingram Content Group UK Ltd.
Pitfield, Milton Keynes, MK11 3LW, UK
UKHW021039180726
13838UKWH00004B/1904